KB031942

조희영
시집

나를 버리는 날

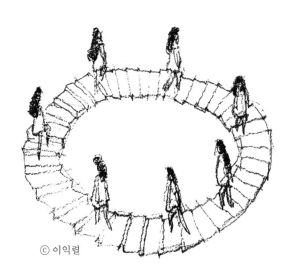

조희영
시집

도서출판 북인
2021

어느덧 미국 시카고에서 산 지 14년차. 그 시간은 멈춰진 시간이었다. 내가 아닌 다른 이름으로 살아간 미지의 시간이었다. 나를 잃어버렸고 지독한 우울과 맞서야 했으며 삶이라는 사막 한가운데서 늘 목마름에 허덕여야 했다. 아이 네 명의 엄마로 한 남자의 아내로 살며 음악을 직업으로 삼았다. 그렇게 견디다가 어느 순간 시를 좋아하게 되고 그러다가 시인 릴케를 만났다.

"인생을 꼭 이해해야 할 필요는 없다.
인생은 축제와 같은 것이기에.
하루하루를 일어나는 그대로 살아나거라.
바람이 불 때 흩어지는 꽃잎을 줍는 아이들은
그 꽃잎들을 모아둘 생각은 하지 않는다.
꽃잎을 줍는 순간을 즐기고
그 순간에 만족하면 그뿐."

삶에서 부딪혀야 하는 힘든 고비에서 그 순간에 만족한다는 것이 얼마나 어려운 것인지 실감하지만 이 짧은 시구를 보면서 내 마음에 주는 위안과 기쁨은 무엇과도 바꿀 수 없는 소중한 가치였다. 그때부터 모든 시는 나에게 우주였고 심장이었다. 시는 결국 실재와 언어 사이의 간극에서 새로움을 창조하는 작업인데 나는 그것에 매료되었다. 릴케뿐만 아니라 괴테의 시든, 횔덜린의 시든, 한국 시인의 시든, 시의 세계는 나를 넘어선 다른 세계와 타자의 세계를 만나게 해주었다.

나는 시를 보게 되면 심장이 뛰고 우주 안의 공간, 은하수 옆에서 헤엄을 치게 된다. 그래서 삶도 바뀌었다. 난 이 책을 잡고 있는 당신을 보고 있다. 책을 읽는 것은 글 짓는 자와 글 읽는 자 사이의 간극을 함께 걷는 것이다. 나는 당신과 함께 대화를 나누고 싶다. 나의 시를 통해서 당신과 나의 우주를 드나들고 싶다.

나는 시간에 중점을 두며 겪어온 날의 아픔을 그렸고 겪어갈 날을 예감하며 시로 표현했다. 그리고 당신도 시간 속에서 여행을 하고 있고 앞으로 계속해서 기나긴 여행을 할 것이기에 나, 그리고 당신의 시를 지금도 끊임없이 쓰고 있다.

나는 내 심장을 잘게 쪼개서 이 시를 완성했다. 당신이 시를 읽는 내내 나, 그리고 당신 자신과 만나보기를 진심으로 바란다.

그리고 특별히. 우울증으로 힘들어하는 이 시대의 엄마들, 무료한 삶을 사는 감성이 메말라버린 당신, 고통 속에서 희망을 찾길 원하는, 그리고 사랑을 갈망하고 고독을 즐기는 그대들을 위해 이 시를 바친다. 눈부신 날 속의 미소 짓는 당신의 모습을 그리며 축복의 말을 전한다.

"지금 이 시간은 당신이 가장 아름다워 보이는 시간이며 또한 당신 자체가 시입니다."

이 책을 사랑하는 가족 준연 씨와 온유, 정의, 사랑, 마음이 그리고 낳아주고 길러주신 엄마, 아빠와 늘 기도해주는 아버님과 어머님. 나를 지켜봐주고 응원해주는 온·오프라인 친구들과 영화감독 윤학렬 집사님, 윈티비 김왕기 회장님, 시인 신호철 회장님, 서평을 해주신 디콘 이병하 대표님, 도서출판 북인, 그리고 인생을 가르쳐준 이름 모를 풀과 꽃과 나무, 무수히 많은 별과 바람과 빗방울과 차가운 눈과 이슬에게, 또한 마지막으로 지금껏 버텨준 나에게 감사한다.

2021년 1월
조희영

차례

1부

거친 파도 맞으며 깎여가는 돌덩이

빛의 운명

그때는 사람이니
살아야 했다.

지금은

사람으로 살아보니
살아야만 하겠더라.

앞으로 남은 생.
빛을 먹고
빛을 싸야겠다.

나를 버리는 날

아주 고요하고도 성스러운 날,
달도 별도 없는 바깥은 묘하게 밝다.
흰 꽃잎 떨어지듯
가만히 묵음 속의 속삭임을 찾아내 듣는다.

미세한 바람은 어서 따라오라고
영혼을 담은 백白빛 먼지를
흩뿌리며 잘도 날아간다.
저기 저 작은 호숫가에 비치는
나의 모습은 참으로 초라하구나.
호수에 비친 촉촉한 결들은
나의 가슴 밭을 조롱하듯
참 아름답게도 일렁인다.

나는 여기 이곳에서 이 자연에서
이 성스러운 공간에서 나를 버린다.
아문 상처를 다시 찢듯
손과 손을 떨쳐버리고서 떠나는 거다.
친숙하지 않은 그곳으로.

휘익 불어오는 백白빛 바람에 실려
삶의 무대로부터 공허함이
내게 밀려온다 해도,
사팔뜨기의 운명이
나를 어딘가에서 구경하고 있다하더라도

나는 이 반쯤 채워진 가면과, 감정의 윤곽과,
불안한 장막을 우주 공간으로부터 채우고
인생의 계절들 속에서
첫 기원을 찾게 되리라고 다짐한다.

그리고 상처의 냄새가 나는 역사에서,
고독의 연극에서
순수한 사건을 위해 마련되어 있는
그 길을 찾아본다.

사자死者들이 누리는 평온함 속에
모두가 하나 되어 우리에게 침묵하듯이
내가 가졌던 수치와 억울을
그들에게 구걸하듯 던져주고

존재의 만족을 위해 조심히 나를 던져본다.

그리고 임신한 여인들의 얼굴에
모호한 것이 떠오르듯
내 귀환의 소용돌이 속에서
나를 다시 주워오겠음을.

햇살의 핏줄을 타고
여기 이 방으로 들어와
새벽 풀의 매달린 이슬이
서서히 증발할 때쯤
환희의 꽃가루를 얼굴에 퍼담는 그날에
밤공기 속 하늘을 향해
오늘 나는 나를 버리는 날이라고
고요하게 외쳐본다.

일찍 떠난 자들은
우리를 필요로 하지 않으니
어머니의 젖가슴을 떠나듯
조용히 대지의 품을 떠나

복된 진보를 울궈내는
우리는 그리고 나는,

그때 그 슬픔의 비탄 속에서
메마른 침묵을 갈망하며
어제도 오늘도 나를 버린다.
그리고
오직 글로써 영혼의 피사체를 찍어내어
다시 나를 찾는다.

엄숙한 세월

아름다움에 허기진 나는
오늘도 어김없이
주름을 만들어낸다.

반복되는 삶 속의 낡은 쳇바퀴도 갈아줘야 할 판.

그래도 꿈이라는 것,
욕망이라는 것이
몸 속 어딘가에서 꿈틀거려
마치 공처럼 둥근 해가 원을 그리며
다시 떠오르는 걸 기대하듯

내 삶 저 구석 서랍 속에 있을
꿈에 굶주린 또 다른 나를
이 낡은 쳇바퀴에서 꺼내보고자 한다.

가죽에 주름져도 또 세월에 주름져도
나는.

아름다웠던 사람이었고 아름다운 여자고
아름다워질 나다.

영양가 있는 빛

오늘은 빛이 너무 좋아서
빛을 온 몸으로 받아먹었다.

기분 좋은 김에 기미와 검버섯도
초대해본다.

빛을 공짜로 받았으니
이제 내가 세상의 빛이
되어야겠다.

영양이 잔뜩 들어간
그런 빛.
머금고 싶은 그런 빛.
세상이 부르기도 전에
몸담는 그런 빛.

대지가 열망하는
비개성적인
따뜻한 빛.

내게 바치는 기도

고독과 우울을 입은 강도를 피해
도가 지나치도록 대륙을 헤매고 싶다.

그렇게 마렵던 여행을
시원하게 뿜어내기 위해
시간을 어떻게든 비집고 찾아낸다.

오늘은 어제와 다른 곳에서
내일은 오늘과 다를 곳에서 지는 해를 보는 것.
되도록 빨리 지금을 벗어나는 것.

이 주문은 Fine 없는 도돌이표.
내가 내게 바치는 기도다.

바람도 눈발도 가릴 것 없는 허허벌판에서
추위로 포위당할 때마다 육체가 번거롭고
감각이 원망스럽다.

미세한 두통이 성가셔 깊이 잠들 수 없던 밤.

아침에 눈을 떠보니 찬란한 태양 빛이
지난 밤 빗물을 조용히 먹어치우고 있다.

나를 축제에 초대하다

외로움과 슬픔, 내 안의 분노가
강도처럼 다시 찾아올 때쯤.
나는 다시 나를 꺼내어 거울에 나를 비춘다.

거울을 보며 탄식에 젖어 있던 날,
갑자기 어디선가 빛이 들어온다.
그 빛은 나를 위로하려고 왔는지
자꾸 내 눈물을 소환한다.

빛과 눈물이 만나니
어느 새 내 안 깊숙이 자리했던
차가운 고드름덩어리들은
떨어져 내리고
생채기덩어리만이 있던 자리에
거룩한 이슬이 그곳을 메운다.

행복하지 않았던 건 아니다.
슬픔을 입은 아픔에 행복이 가려진 것이다.
근데 그 슬픔은 나에게 아주 건강한 선물이었지만
난 알아채지 못했다.

아니, 알아채지 않았다.
그냥 행복하지 않은 걸로 자신과 타협했다.

거룩한 이슬이 가슴에 내려앉은 지
빠르게 시간이 지난 어느 늦은 밤,
무겁고 거추장스런 우울 따위를
저기 저 거무튀튀한
죽변 방파제에 버리고 온 나는
드디어 빛을 알아낸다.
그래서 빛과 손잡은 기념으로
축하해야 할 날을 맞는다.

내 안은 온통 축제다.
난 다시 웃는다. 빛과 이슬을 머금으며
축제 속 찬란한 존재의 나를 바라본다.
사랑을 알게 돼서일까.
진짜 행복이 뭔지 답을 알아낸 것일까

그건
서서히 아주 조용히

시간에 시선을 두지 않고
있는 그대로 나를 보내면 된다.
그리고 나를 다시 받으면 된다.

흥의 맛

'우울해'하면 내 손해지.
지금 이 순간만이라도
지구에 있는 모든 생명체
한 명, 한 마리도 빠짐없이
모두 흥 독에 빠지면 좋겠다.

자! 같은 극을 띤 자석처럼
지린내나는 우울에서 강렬하게 어긋나보자.

여인아

심장을 타고 내려오는 어둠 속에 파묻힌 여인이여.
이제 그만 거기서 나와라. 어둠은 충분히 익었다.

머릿결을 타고 내려오는 순박한 고집을
이제 더 이상 자랑하지 마라. 고집은 충분히 배였다.

넋이 나간 듯 젖은 눈망울로
더 이상 하늘을 바라보지 마라.
고통은 더 이상 네 것이 아니다.

가시밭길에서 헤엄치다가 온 몸이 가시에 찔려도
미친 듯 웃지 마라
어차피 가시는 이미 네 몸 구석에서
또 다른 세포가 되었다.

여인아. 심장에 박혀 있는 돌 하나를 꺼내려고
몸부림을 치지 마라.
어차피 심장은 보석이니 돌과도 친구다.
애쓰지 마라. 그대로 둬라.

가깝지만 아주 먼 시간의 파도에 몸을 담구고
철썩대며 살아라.
그것이 섭리이고 스스로에게 선물하는 것이다.

그 선물을 누려라. 여인아.

죽음과 생명

요즘 죽음을 자주 보는 것 같아
마음이 이상하다.

나는 언젠가 이 땅에서 수증기처럼 증발하겠지.

그리고
언제 갈지 모르는 한치 앞도 볼 수 없는 우리.

이제는 진짜 생명으로
참생명을 소유한 사람으로
살아가야겠다.

그런데

생명이라고 생각하는 나는
진짜 생명인 것인가.

진심

태어나는 순간
태양 빛에 몸이 노출되면서
울부짖듯이

당신에게 칭찬받는 순간
따스한 당신의 눈빛에
여린 내 존재가 노출되면서
진심어린 액체 한 방울이
낙
하
한
다
.

비탄의 하루

오늘 회의감이란 것이 날 찾아왔구나.
허락도 없이 조용히 강도처럼
괜한 걱정은 미뤄두고 집중해야 하는데
막상 나는 잘하지 못하겠다.

이런 날엔 나라는 주어 앞에
겨우라는 부사가 붙고
뒤엔 따위라는 의존명사가 붙는다.
그럼 겨우 나 따위가 되는구나.

참 힘든 계절이다.
늦게 뜨고 일찍 지는 해 따위에
우울한 내가 참 밉다.
아쉽지만 오늘을 기억하지 않고 자야겠다.

몽롱 속 균형

음악을 하는 시간.

눈으로 보이는 악보 위의 콩나물들은
푸시업하거나 디스코를 추었고

귀는 반주 중간에 장대높이뛰기를 한 듯
한 마디가 들리지 않고

머리는 환각제를 투여했는지 모를
몽롱함에 젖어버렸다.
그냥 나는 지금 뭔가에 취한 사람.

아마도 당신을 사 입어야 할 시간이 온 것 같다.

아, 그럼 더 균형을 잃을까.

악몽

구역질나는 징글맞은 너는
약속이나 한 듯 어김없이 또 나타났구나.
그 옛날 어르신들 도우려고
땡볕 논두렁에서 모내기 도와주던 그날,
내 종아리에 침묵을 지키며 달라붙던
검은 거머리처럼 말이다.

그렇게도 내가 좋더냐.
아니면 내가 그렇게도 싫단 말이냐.
네가 원하는 게 뭐더냐.

내가 타락하는 거?
내가 병드는 거?
내가 죽음을 맞는 거?

오물과 같은 너의 더러움이
나에게 묻었을 때는
이미 나는 네가 되었었다.
그래서 죽음과 타협하려 했다.
이 생과 작별하려 했다.

몇 달 동안 먹지 않고도 굶주림을 모르는
너 거머리 같은 기억들아.
더 이상 빼먹을 것 없는
내 몸뚱어리 건드려서 뭐하겠냐.
이제 좀 놔주고 저 멀리 햇볕에 너를 비추거라.
그러면 나는 어둠 속에서 나를 비추겠다.

그렇게 우리는 서로 비추며 서로를 소독하자.
소독하고 나면 다시는 만나지 말자.

그렇게 작별하게 된다면
나는 꽃으로 바람으로 햇살로 아기별로
내 인생을 인쇄하겠다.

인생

삶이 때꾼하여
벌떼처럼 몰려오는
잠을 포기할 수도 없고

달큰한 로맨스 영화도
포기할 수 없는
이것은 인생인가.

그래. 이게 인생이다.

하지만 둘 중에 하나는
포기할 줄 아는 것도
지혜로운 인생이다.

소갈머리 좁은 젊은 서생이여.

이렇게 피곤한 하루를
무료로 취하는 것도
윤기나는 인생이다.

제 길

이 길인가
그럼 저 길인가
이 길이 아닌 것 같고
저 길도 아닌 것 같은데
그럼 어느 길로 가야 한단 말인가.
제길

그래. 제制 길로 가보자.
거기에 답이 있을 것이다.

*제(制): 규제 혹은 제한되어 있지만 만들거나 짓는 의미도 있다.

봄바람의 잉태

내게 남은 날들의 윤곽을
따뜻한 색감의 색연필로 그려보고 싶다.

이 세계를 유지하기 위한 총알받이가 아니라
계절 따라 피고 지는 꽃이고 싶다.

솜털 같은 씨앗을 흩뿌리고 싶고
추운 겨울에는 남은 온기를 땅 속 깊이 품어두고 싶다.

저절로 잉태되는 꿈을 끈덕지게 기다리고 싶고
잉태된 그것을 평생 동안 잘 키우고 싶다.

하지만 심장이나 내장이나 변 대신
고운 봄바람만 가득 차서
가고자 하는 곳도
가야만 하는 곳도 없이
되는 대로 하늘을 둥둥 떠다니는
꿈을 꾸고 있다.

시간도 잠시 졸다 깨는 고요한 오후.

시끄럽지만 평화로운 세상은
꽃씨처럼 둥둥 떠다닌다.

이방인의 시간

내 이름이 잊히는 것 같아
두려움 속에서 허우적될 때
어느 순간,
나를 다시 만나고 나를 다시
알아가기 시작한다.

감당할 수 있을까.
해본 적 없는 일에 대한
영양가 있는 고민을 한다.

하지만 선택 앞에서는 작아진다.
잘할 수 있을까보다
버틸 수 있을까가 된다.

가시밭길이란 걸 너무나 잘 안다.
어딘가 속마음을 털어놓고 싶어도
혼자 감당해야 할 날이 분명히 있을 테다.

누군가 그러더라
선택하지 않아 두고두고 후회하는 날이

있을 거라고 해보지 않는 것이 더 나쁜 거라고
그래서 용기와 욕심이란 것들이
번갈아서 비집고 들어오려나보다.

시간은 기다려주지 않는다.
지금의 나에게는 만족을 할 수 없다.

지금까지 내가 만들어 온 것보다
앞으로 만들어 가야 할 것들이 더 많다.

세상에서 가장 훌륭한 변명은
시간이 없어서이다.

의도치 않은 선택

나는 괜찮은 사람이었을까.

나름 노력하며 지내왔지만 확답을 내리긴 힘들다.
인생살이에 의도치 않은 실수도 의도한 비수도 있었다.
삶의 선택은 누구나 본인이 만든 거며 결정하는 것이니
책임을 결코 회피할 수는 없을 것이다.

글을 쓸 때만큼은 회피하지 않고 솔직하고 싶다.
이 손바닥만 한 작은 곳에서 거짓을 쏟아내거나
포장하고 싶지는 않다.

그냥 이제는 내가 누군지 나답다는 게 뭔지
나로 어떻게 살아가야 하는지
나를 계속해서 파내는 것에 집중하고 싶다.

석양이 나를 부른다.
그리고 자석에 이끌리듯 나를 데려간다.
뭐 하나 빠뜨리지 않고 그대로 붙어간다.
시간의 흐름을 이길 수 없듯이
내 삶을 그대로 숨죽이며 가져간다.

멍청히 끌려가는 나는 할 수 있는 게 하나도 없다.
그저 그 선택을 수긍하며 맡겨야 하는 것밖에.

그래서 선택이라는 것은 참 무서운 것이다.
때로는 말이다.

속사람 성형

요즘 성형 참 많이들 한다.
미인들 천지다.

그런 그녀들이 외모를 고쳤다면
나도 고칠 게 천지다.

진실함을 응시하는 눈.
자존감을 높여주는 콧대.
의로움을 분별하는 입술.
긍휼함을 내어줄 줄 아는 가슴.

오늘 나는 맘에 안 드는
내 속사람 외모를 보고
시비를 걸어본다.

나의 낮

나를 위해 살고
낯을 위해 살자.

더 나아가

남을 위해 살고
낯이 부끄럽지 않게 살자.

길

나는 아직도 인생의 간격을 가늠하는 일이 어렵다.
다만 두 가지 방법을 찾았다.

가시밭길에서 멀어지거나
가시밭길을 뚫고 지나가면 된다.

아프고 싶진 않지만
나는 오늘도 가시밭길로 발을 내딛는다.
누구나 곧고 깨끗한 길만을 걷지 않는다.
세상의 길은 정말 많고도 끝이 보이지 않는다.

만약 길 끝에서 길이 끊겼다고 판단된다면
다시 새로운 길을 찾으면 된다.
그리고 그 길을 다시 걸어가면 된다.

그 어떤 원대한 꿈 혹은 길일지라도
자신이 그 가능성을 믿는다면
그것은 당신의 손이 닿는 곳에 있을 것이라
나는 믿는다.

그래서 나는 오늘도 사모한다.

길 끝에서 다시 새로운 길을 만나기를.

빛나는 소금

거동이 불편한 한 노인 봉사자가
우연히 시야에 들어온다.
그녀는 미소를 얼굴에 장착하고
등굣길 아이들의 안전을 위해 차량을 통제한다.
제대로 걷지도 움직이지도 못한다.

그녀의 의자 옆에는 정지라고 적힌 팻말과
네 발 지팡이가 놓여 있다.
그녀의 유일한 낙과 의지다.

난 차를 잠시 세우고
몰래 그녀를 숨죽여 바라본다.
바쁘다고 정신없다고 주위를 둘러보지 못하는
개인적, 이기적인 나에게
그녀는 좋은 선생님이 되어
오늘 내 심장을 나대게 한다.

그리고 다짐한다.
다른 사람에게 그녀처럼
아름다운 향기를 전하고

영향력 있는 인물이 되겠노라고.
생명을 무겁게 여기는
소금 같은 사람이 되겠노라고.

앙상한 감각

어제의 나는 심장에 불이 없어서
뜨겁지가 않았다.
뜨거움을 모르니 추위도 모른다.

12월 말쯤의 질척하고 거무튀튀한
녹다만 눈 같기도 하다.

다홍빛의 밤하늘도 보지 못하고
왜 그렇게 눈에 비늘을 덮고 살았는지.

가장 두렵고도 간절한 건
언제나 눈앞에 떨어진 오늘.

감각이 없다.
나 좀 도와주기를.

어울림

어울리지 않은 것이 어울릴 때가 있고
어울리다고 하는 것이 어울리지 않을 때가 있다

나는 때론 어울리지 않는 것을 선호한다.
어울리지 않아야 어울림의 본질을 캐내며
나름 나만의 답을 찾을 수 있기 때문에.

그 맛에
어울리지 않아도 부끄럽지 않다.

어울려도
어울리는 맛에 부끄럽지 않다.

그러니 우리 삶은
어울려도 어울리지 않아도
부끄러운 일은 하나도 없다.

내 심장을 꺼주소서

삶은 얼룩을 만들어내는 여정.
나에게 다가오는 바람을 예감하고
또 겪어야 하리라.

피곤한 내 영혼의 옷은
먼지 한 톨 꼼짝 않는다.

가볍게 초조한 기색 없이
커다란 폭풍에 휩싸인 채
나는 혼자다.

혼자가 될 것이고
또 그러길 바란다.

저 높이 달빛 속에서 영글어가는
무화과나무는
지금의 나를 어떻게 느끼고 있을까.

하늘정원

빨간 심장으로
파란 하늘을 가르며
하이얀 숨결로 파고든다.

빛으로 흔들리는
가장 높은 허공에서
사랑하는 눈길, 마음 길을 터놓고
계절의 리듬에 종속된
나를 바라본다.

하늘의 삶은 무한한 정원.
사랑을 담은 인식이
존재의 결핍으로 얼룩진
꽃을 구원하듯

나는 나 자신의 망막으로
온 땅을 뒤엎는다.

콜키쿰*은 바람에 흔들리는
영원성을 정원으로 부르고

이미 몰락에 바쳐진 시간 속에서도
경건한 고집으로
음조를 정한다.

하늘정원에서 울리는
슈만의 사랑의 꿈은
새로 깨어나는 생명을 기다리는
내 겨울정원의 시간 모드이다.

음울해진 감각 앞에
서 있는 콜키쿰의 영원은
폭풍우가 만들어낸 개천의 포효를
미리 느낀다.

나 자신도 그랬듯이.
스러지고 짓이겨내고
저 자신 안에 갇힌 채로.

모든 선善을 동시에 드러내는
형이상학적 빛의 반영은

내 손가락의 따스함에 몸을 녹이려는
애인의 언 피부 같다.

하얀 눈
그대 볼에 살포시 내려앉듯이
하늘정원에서 나 살포시 내려앉으면
빛나는 땅바닥에
눈물로 키스하겠다.

*콜키쿰 : 유럽과 북아프리카의 습한 들에서 자라는 구근초.

죽음 바로 밑의 신음

언젠가는 피할 수 없는 죽음 앞에서
숨을 헐떡거리며 순간을 내려놔야 한다.

세상에 올 때는
엄마가 비춰주는 빛을 찢으며
긴 시간이 필요했지만
떠날 땐 찰나의 비명이면 충분하다.

내가 지금 집착하는 모든 것을 버리고
먼저 간 자의 제자가 되어
살아볼 만한 세월을 결코 낡아지지 않을
주머니에 담아본다.

이 아침 나도,
한 그루 이팝나무 앞에서 신에게 아부한다.

검붉은 탈

아이들이 보기 싫은 무서운 탈을 쓰고
서로를 죽이는 혀와 몸짓으로
또 다른 어른을 파괴하는 어른.
생각하면 할수록 구역질을 부르는 그 이름.

그런데 다시 유심히 들여다보면
아마도 그게
나였을지도 모른다는 생각을 문득 해본다.

스무 살 되고 나서 어른됐다고 말했지만
내 생각에 난 지금까지 한 뼘도 자라지 않았다.

그저 편견에 사로잡힌
165센티 악마가 되었을지도 모른다.
남 탓할 때가 아니다.

회색 빛과 붉은 빛

죽어보고 싶었다.
죽으면 어떻게 되는지 궁금했으니까.
세상에 미련이 없었기에
회색 빛 죽음과 손잡아도 될 것 같았다.

어느 정도 살아보니
한 떨기 꽃과 듬직한 나무,
클로버에 맺힌 작은 이슬과
성실한 거미줄이
더 이상의 회색 빛을 상기시키지 않는다.

그래서 이제는 궁금의 시간을 허락하지 않는다.
죽음은 나의 내부에서
바람처럼 불고 있을지도,
내 고독 한가운데서 울고 있을지도 모른다.

나는 나의 실존을 발견하는
내 안의 역사를 품고 다시 살아가기를,
그 아픔과 찬란했던 생의 불꽃을 소장하기로 하며
스스로에게 약속해본다.

오늘 내 앞의 붉은 빛 노을은
우중충한 나의 뇌혈관을 뜨겁게 물들이며 확장시킨다.
그리고 나는 죽음과는 한없이 먼
어린아이의 건강한 환희로 변하고 또 변한다.

글과 나

책 속에 누워 있는 문자들.
너희가 무척 부럽다.

나도 너희처럼 누가 나를 읽어주기를 바란다.
나를 꼼꼼히 곱씹어주기를 기다려본다.

하지만 너도 그러하듯이 나도 그렇듯
이별을 호흡하듯이 훑어보기만을 바라지 않는다.

누군가 나를 깊이 바라봐줄 땐
심장이 요동치며 내 몸 전체에 윤기가 난다.

가끔은 줄을 세게 그어 상처를 주거나
찢김으로 인해 고통을 받을 때도 간혹 있다.

달기만 한 인생도 없지만
쓰기만 한 인생도 없다.

2부

나, 그리고 나눠진 세포와의 이야기

연필, 필연

누가 그런다.

기억하는 뇌는 머리에 있지만
기록하는 뇌는 손끝에 있다고

언젠가부터 연필이 내 몸에서
공생하기 시작한다.

가끔은 전자파 속의 기억력보다
석탄 냄새의 얇고 흐린 자국이
정겹고, 참 고맙다.

연필, 너는
나에게 필연이다.

그리움

고독은 강물 되어 흐른다.
그리움이 비와 눈이 되어
내 가슴에 흐르듯이.
빗방울, 눈방울들은
하늘 문이 열려 있는 외딴 평원에서
고독을 품어주는 대지로 떨어져 내린다.

우리 또한 모두 떨어진다.
다른 것들을 보라.
떨어짐은 어디에나 있다.
그것은 천체의 조용한 중심.
나를 둘러싸고 있는 모든 것이
흐르고 반짝이는 까닭.

하지만 내가 사랑하는 사람은
절대로 나를 떨어지게 두지 않는다.
사랑하는 사람 손에
나는 언제나 심장을 녹이며 쉬고 있다.
강물 되어 흐르는 고독처럼
그리움이 비와 눈이 되어 흐르는 내 가슴처럼

당신의 운명에, 그 하늘 문에
저녁 황혼을 머금은 나를 맡겨본다.

바이러스를 향한 조용한 고함

아주 작은 생명체로부터
저마다 두려움을 두둑이 가지고
차가운 계절을 버티고 버텼다.

누군가는 분노와 저주를
누군가는 슬픔에 젖은 탄식을
누군가는 침통함을 묻힌 억울을 뿜어내며
한 줄기 빛을 소망하고 있다.

따스한 바람이 향기를 데리고
바닥 뚫고 나온 새싹에게 인사를 하며
인기척 없이 만개한 목련에게 안부를 묻는다.

봄의 색깔을 가진 그들에게도
사연이 있겠지만
우리에게도 사연은 이미 팽창되어 있다.

또 다른 계절이 섭리처럼 왔으니
저 멀리 근거 있는 검은 우주로 외출해서
방랑하다가 점점 작아지길 바란다.

너도 나름 지혜로웠다고
칭찬 한마디하며 보내주련다.
이쯤에서 헤어지자.
보이지 않는 낯선 생명이여.
다시는 초대하지 않으리.

A Silent Cry to the Virus
— 바이러스를 향한 조용한 고함

Constantly endures the frigid seasonLife—tiny or big, human and nonhuman—for fear trembles thickly.

Overly drawn in sigh and strife, drowned by way of indecent indignation, whoever hasn't spewed out cries that were buriedand hoped for a starved stalk of light?

Vividly blew the warm windreceived, her aroma awakening, by buds, breaking dust, and to the full-bloomed Magnolia, noticed not.

Incites a springfully a storyof all encompassing Persephone's hues, and for us, ignoramus et ignorabimus, only bliss, whose story already buds.

Daringly chutes another season by Providence: Step into the still, stark universe, becoming of a tale of nought in disquietude.

19 : much too much,

much too shy to be made known, a sleepless, invisible life! Begone at this point here, as You are not to be welcomed again.

신에게의 하소연

물방울 잘게 썰어
새벽의 정령 깨우는 시간.
안개가 내리고
세상은 서서히
눈을 뜬 채 눈먼다.

공포는 공기를 타고
시시때때 나돌다가
모기장 안개 속에 잠시 갇힌다.

당신이여.
깍지 낀 우리의 두 손을 봐서라도
공포를 하얀 안개꽃으로 탈바꿈시키소서.
슬픔과 죽음의 정체성을 소유한

안개꽃 너는
너무 억울해하지 말거라.
슬픔을 초대할 때마다 널 기억할 것이고
죽음의 끝맛 볼 때도 너의 향기 안고 있을 것이다.

이미 잘게 썰린 물방울로 인해
저 멀리 지저귀던 새는
너를 사색하다 하늘로 빨려 들어간다.

오르간의 열광

오르간 오늘 넌,

파이프 속 그 차가운 어둠 속에서
한 줄기 연기처럼 속삭인다.
나에게 그리고 당신에게.

오늘은 그 줄기를 만져보려고
그리고 음미하려고
그래서 음부의 황홀함을 빌려가려고
너의 얼굴 앞에 당당히 앉아본다.

계몽적인 너의 소리는
이따금 영혼의 소리를 자극한다.

많은 영혼들이 너로 인해
모든 절망과 고통들 속에서
단숨에 소리의 바다로 사라지리라.

곧 얼음

거꾸로 매달려 바라보는 답답한 세상에
소리 없는 절규를 한다.

냉혹하게 스스로를 단련하고자
송곳니 드러내지만
가끔은 온 몸이 저리다고 눈물을 흘리기도 한다.

가장 약한 것이
가장 강한 것이 될 수도 있기에
오늘도 너는 처마 밑에서 오기로 버티는구나.

저 멀리 금줄기가 온 공기를 환하게 물들인다.

잘 가거라.

아름다운 고통

음악은 죽은 것들에서 나온다.

자신의 몸에 구멍을 낸 피리나
자신의 몸을 철사줄로 묶어놓은 바이올린이나
잎사귀도, 나이테도 사라진 채
온 몸이 토막난 피아노.

공기 하나 통하지 않은 채 숨쉴 수조차 없는 북과
온 몸이 비비 꼬여 방치되어 있는 호른.
그리고
마디마다 쇠붙이 조각들이
온 몸에 덕지덕지 붙은 클라리넷.

더 열거할 수 있지만
그들에게 이 글을 쓰는 나의 손가락은
참으로 잔인하다.

그런데
그들은 죽어 있지만 살아 있다.

아마도 그들의 영혼은 나보다 맑을 것이다.

미시간 호수

적당한 바람과
푸름의 빗살들.
땅덩어리의 진지한
절제함과
파랗게 고립되어 있는
호수.

친근한 하늘을 향해
던져 올리는
한여름 소녀 같은 마음.

저 멀리서 다가오는
미래의 바람을
예감하고 겪어야 하리라.

그 고립되어 있는 파란 호수는
고독한 시카고의 바람을 타고
유유히 빛으로 빛방울로
또다시 뿌려진다.

잉태되어 살아가는 것들에게

뱃속 따뜻함을 벌써 잊었느냐
왜 그리 차갑게 살아가느냐
탯줄로 요기만 한 것을 잊었느냐
왜 그리 배를 두드리며 살려고 하느냐
뱃속의 고독을 즐겼던 걸 잊었느냐
왜 그리 시간에 쫓기며 헐떡거리느냐
뱃속 침묵을 소유했던 걸 잊었느냐
왜 그리 시끄럽게 살아가느냐
신성하고도 비좁은 물속에서 만족했던 걸 잊었느냐
왜 그리 넓은 곳에서 불평하며 허우적대느냐
태 밖으로 빛을 받으며 소리내 울었던 걸 잊었느냐
왜 그리 어두운 곳으로 다시 가려고 애를 쓰며 우느냐.

겨울들

겨울 손님을 반가워하며
앞마당을 쓸어본다.

겨울은 눈꽃을 내려
대지 위의 감성 듬뿍 가진 동물들에게
아름다움을 주지만

동시에
분노로 엮어진 신음과
등줄기를 슬라이드 하는
비탄의 땀도
선사해준다.

겨울, 너도 늘 두 얼굴이다.

주름의 노래

웃음으로 빚은 주름 하나,
서러움으로 얼룩진 주름 하나 또 더하면

비로소 내 얼굴이
노곤한 한낮의 햇살과 온기처럼
허공에 깃든 라일락 바람에 탄 세월 속에서
더 찬란히 빛난다.

또한 내 주름은
또 다른 누군가의 주름이었으리.

나 때문에 눈물을 흘리고 속태웠을 사람이여.
내 속 좁은 그릇으로 욕심으로
부질없는 사랑으로 인해
지워지지 않을 흉터 새겨드렸으니
참으로 미안하다.

사람과 사람이 만나는 건
주름과 주름이 만나는 것.

그 어딘가의 중심에서
서성이며 망설이며 돌아서며
돋아난 꽃 피고 지고 밟히어도

한여름 밤의 빛과 그림자처럼
평온한 들판에 산책이라도 나온 듯

나는 사람에게 그러한 주름을 주고
나도 그런 주름을 만들길 원한다.

거짓말 좋아하는 엄마

60이 넘은 나이에 새끼 힘들까봐
김치도 담가주고,
온갖 집안 살림에 고마운 간섭을 하고,
노동을 회피하지 않으며
아무렇지 않다 거짓말하는 당신.

새끼가 낳은 새끼를 업고는
"피곤한데 넌 들어가 눈 좀 붙여라.
내가 애기 재울게"
그러면서 눈을 감고 중얼거리기를 반복하다가
엉덩이를 흔들며
"나 하나도 안 피곤해"라고
거짓말하는 당신.

일하다 손이 다쳐도
새끼가 걱정할까봐 밴드 하나로 버티고는
혹여나 새끼가 낳은 새끼가 먹는 음식에
감염이라도 될까
노심초사 안 보이게 다른 손으로
거짓표정 묻히며 마지막까지 요리하는 당신.

새끼가 낳은 새끼들이
먼저 식사를 마치고 난 다음에야
뒤늦게 식사하면서
김치와 나물에만 젓가락을 올리고는
"속이 안 좋아서 고기 안 먹을란다" 하며
젓가락으로 고기접시를
새끼 앞에 밀어대는 거짓말투성이 당신.

한없이 부족하고 무지한 새끼는
오래 전,
삶의 고달픈 얼룩으로 주름진
그런 엄마에게서 엄마를 배운다.

사슴과 나

너는 무얼 보고 있니.
네 눈에는 내가 신기해보이니.

두 다리로 가지 말아야 할 위험한 길을
난동부리며 가고 있는 것 같니.

아니면 가짜인 쭉정이 같은 내 입술이
네가 보기에 우습니.

그런데
나도 네가 조금은 신기해.

나보다 다리가 두 개나 더 있는 너는
자유롭다면서 왜 그렇게 숨어다니니.

너는 부르짖거나 울어도
혹은 침묵하는 입술에 가짜가 없어서
혹시 심심하진 않니.

너는 지금 무얼 보고 있니.

너를 확정지어라

감사한다면 늘 초심을 잊지 말아라.

적당한 겸손을 입술에 달고 다녀라.

더이상 핑계와 푸념은 이제 네 사전에서 지워라.

오므라들고 있는 열정과 노력을 다시 피워내라.

인정을 못 받는다 하더라도 인과 정은 가슴에 끼워라.

마지막으로
늘 단단하면서도 부드러워라.

깍쟁이 첫눈

첫눈 보며 낭만이란 걸 만끽하고 있을 때
얼마 지나지 않아 폭설을 안겨준 너.

나무의 금빛 단풍들은 땅으로 떨어지기 전에
네가 들이닥쳐 너무 황당해하는구나.

사람들이 나무 보고 가을가을하다며
예쁘다고 탄성을 자아낼 때
넌 모른 척 차가운 흰 옷 억지로 갈아 입혀주는구나.

그래서 나무들 투덜거리며 소곤거리는 소리
여기까지 들린다.

근데 어떡하니
난 지금 네가 많이 무겁고 버겁지만
차가웠던 심장 오히려 따뜻하게 데워주고 있으니
솔직히 조금은 반갑다.

수십 년을 봐왔던 너지만,
그래도 나는 너에게 또다시 반한다.

해바라기 추모 시

황금의 햇살과 기운을 받아
알알이 잉태한 해의 무게로
떨어져 나온 너, 해바라기.

밤이면 말없이
고개 숙이고 침묵을 즐기지만
결국 너의 고향은 하늘.

다시 새벽빛이 세상을 물들일 때
그 빛을 받자마자 하늘을 올려다보니
이미 땅 위엔 해바라기가 없다.

여름 내내 수고 많았다.
잘 가거라. 너의 고향으로.

바람 알람

새벽에 나를 깨우는 아이들의 입맞춤 알람은
바람에게 밀려난다.
거칠지만 미묘한 매력을 지닌 너는
오늘은 소리로 나를 깨우는구나.

밤에는 지옥에 있는 듯 검은 칼 가는 소리로
소름을 돋게 하고는 어디로 갔는지 찾을 수가 없었어.

아침에는 다시 돌아와 이중인격자 행세하고
요즘 옷 갈아입은 나무 녀석들 흔들며
신선한 미소로 꼬리치는 너.

그리고 놀아달라고 내 긴 검은 머리
개운하게 너의 체취로 씻어주면
어느 새 나의 두 눈은 감겨져 있다.

너와 평생 살고 싶다. 너는 질리지 않는다.
넌 보이지 않고 잡을 수 없지만
내가 보기에 참 좋고
너의 살결은 너무 곱다.

고맙다. 오늘의 알람이 되어줘서.

당신들에게

파랗게 질려
차가워진 세포들 사이로
끝나지 않을 당신의 노래는
지금도 따사로이 부르고 있기를.

얼어붙은 눈빛과
탄식 속에 내려앉은 당신의 고독은
어딘가로부터 얻은 삶의 미학이었으니
하이데거의 가르침처럼
이름 없는 자로 존재하는 걸 배워내기를.

새로운 땅과 하늘은 당신을 위해
항상 준비되어 있으니
이제 시작될 새로움을 눈치채고
마음의 종을 울리기를.

새들의 세계에서
고음보다 저음이 더 멀리 퍼지듯
목청껏 지저귀는 당신의 변주도
삶의 소나기와 함께 또렷하게 들리기를.

시작되는 새로운 시간 앞에서
당신의 시간이, 심장이, 뇌가
뜨겁게 노래하며
새 희망과, 새 고독에 뿌리를 내리기를.

당신, 나그네들이여.
열매를 손에 쥘 때 그 힘을 느꼈다면
그 힘이 다시 수수께끼가 되었으니
평원으로 들어서듯이
위대한 가슴 속으로 산책하기를.

모든 것을 행하는 존재를 향해
뜨거워지며
감각의 앙상한 가지 사이로
당신 가슴 속의 하늘이 보이기를.

반가운, 그래서 슬픈

엄마가 딸을 보러 이역만리 한국에서 오셨다.
몸에서 된장 냄새가 나고
굳은살 박인 손으로 딸의 아픈 배 어루만져주던
바로 그 엄마다.

딸이 키워놓은 강아지 네 마리를 보자마자
육체가 반응해 말 한마디 하지 않고
눈물로 심장으로 인사를 건네신다.

이제 딸은 엄마에게 된장으로,
따뜻한 손길로 되갚으려 한다.

그리고
지난 미국에서의 생활을 엄마 귀에 넣어드리며
위로 한번 무료로 받으려 한다.

오늘은 바보같이 무식하게 많이 울어보겠다.

Beyond Memory

도미니카공화국의 푼타카나 비치는
하늘보다 더 파란 물감을 풀어놓았다.

귓불을 간질이는 강아지풀 바람.
철썩대며 춤추는 파도의 경적 소리.
내 발을 따뜻하게 데워 흥분시켰던 모래알들.

그리고
마지막으로 이 완벽을 잊지 못하게 해준
아이의 사랑스런 웃음소리.

생생하다.
아직도 생생하게 필름이 돌아간다.

삼각관계

나무는 하늘이 부러워 새파란 창살로
하늘 한 조각을 가뒀다.
하늘은 가당치도 않은 듯 바람을 부른다.

바람은 구름을 미는 작업을 중단하고
나무에게로 와서
창살을 이유 없이 흔들어버린다.

그렇게 바람은
나무에 못살게 굴기를 반복하다가
겨울을 만난다.
그제야 나무는 굴복한다.

하늘은 웃으며 바람과 나무를 바라보지만
아직도 그 자리에 있다.
바람은 다시 제 갈 길을 가기 위해
꽁무니를 보이며 유유히 사라진다.

얼마나 지났을까.
나무는 다시 고독하고 뾰족한 창살을 만들어낸다.

그리고 뭔가를 배웠다는 듯
의미심장한 미소를 뱉으며 뿌리에 힘을 준다.

구름과 당신

구름은 아름다울 수밖에 없다.
창조적이니까.
당신도 아름다울 수밖에 없다.
창조되었으니까.

하지만 당신과 내가
창조됨에만 머무르지 않기를.

우리는 존재의 머묾과
가까움의 간극 속에서
늘 그 도상에 있는 사람들이니

세상에 던져진 존재인 당신과 나는
본래적 실존을 찾기 위해
고유성을 찾는 인생을 머금고
순간마다 창조하는 구름처럼 살아가자.

창조된 우리가
창조를 다시 함으로써
구름을 선생삼고 나아가기를.

땅 위를 떠도는 노래여.

모든 것을 기리며 찬미하기를.

생명에 대한 아름다운 호기심

어린 아들이 수박씨를 앞마당에 심는다.
엄마는 자라지 못할 거라며 핀잔을 준다.
하지만 엄마가 틀렸다.

그렇게 며칠이 지나고 척박한 마른바닥에서
아기 수박이 보란 듯이
'그것 봐요 되잖아요'라고 말하며
고개를 내민다.

아들의 아름다운 호기심과 건강한 노력에
오늘도 엄마는 맘껏 부끄러워한다.

아가와 밥 한 덩이

몸은 고되고 앞날은 곤죽 같아도
저기 저 나를 믿고 따라와주는
나의 세포를 나눠가진
징글맞게 귀여운 아가 덕분에

마음 한 구석에 영영 변질되지 않을
따뜻한 밥 한 덩이를 품고
오늘도 다시 일어나본다.

순서

"엄마.
나는 엄마 때문에 행복해. 그리고 존경해.
그래서 엄마는 나의 롤모델이야"라고
훗날 미소를 띠며 아이 입술에서
그 말을 나오게 하는 것이 나의 소심한 목표다.

생각해보니 그렇다.

나도 엄마에게 듣고 싶은 말은
언제나
행복하다는 말이었다.
사랑한다는 말이 아니라

그게 순서라고 생각한다.

천둥의 분

깊은 밤. 바로 지금.

천둥은 화가 났는지 계속 울부짖으며
눈물을 쏟아내고 있다.

나도 분이 나서 한바탕 쏟고 싶은 기분이다.
지붕을 때리는 이 차가운 물덩어리들이
아이들을 공포로 몰아넣는다.

"이리와 안아줄게.
천둥소리는 우리가 생각하는 것보다
훨씬 멀리에서 나는 거야.
두려워하지 않아도 된단다.
오늘은 같이 자자."

눈물이 조금 나온다.
소금 냄새가 아주 조금 나는 정도로만.

안개로 젖은 밤

밤새 안개에 젖어
퉁퉁 불은 가로등이
오렌지 기침을 호소한다.

안개비 내리는
까만 밤에 배여
내 속도 까매진 밤.

그런 내 마음
촉촉한 고독 속으로 박제해본다.

기억 저편의 봄

뭔가가 봄을 만들고 있다.
하지만 난 봄을 까먹었다.
비 맞은 촉촉한 땅에 서서
당신의 대답을 캐고 싶다.

왜 내가 봄을 인위적으로
갈망하게 되었는지.
재앙과 공허 속에서
황폐해진 감정을 왜 찢어야 하는지.

순결한 아이의
맑은 심장과 흉부 사이에
손을 살포시 얹고
자장가를 불러본다.

그 덕에 물큰해진 나의 감정에서
묘한 새싹이 튼다.
아마도 봄을 기억했다는 듯.

3부

당신과 나, 그리고 우리의 우주

그리움에 꽂힌 꽃인 당신

옥이 매끈해서 부드러운 당신 같아요.
오기가 생길 만큼 당신을 갖고 싶어요.

폭이 너무 넓은 나의 욕심일까요.
포기해야 하는 다짐을 해야 할까요.

목이 타면 그리움 넣은 잔을 비웁니다.
모기도 누군가의 피를 그리워하듯.

촉이 올 때쯤이면 당신에게 편지 한 통 하겠습니다.
초기에 당신에게 빠졌던 그때처럼.

복이 좋은 것처럼 언제나 당신도
보기 좋습니다.

소유하고 싶은 사랑

나는 평생 당신을 만나지 않을 것입니다.
지금 이렇게 당신을 그리워하는 것이
더 달콤하니까요.

나는 죽어서도 당신을 만나지 않을 것입니다.
아직 시험해보지 못한 내 존재의 감정을
당신에게 들킬지도 모르니까요.

나는 다시 태어나도 당신을 만나지 않을 것입니다.
아니 만날 수 없습니다.
하지만 느낄 수는 있습니다.

검은 이불이 세상을 덮을 때
당신은 별이 되어 있고
초저녁 불타는 노을이 다녀갈 때
당신은 달디단 향기 머금은 따스한 바람이 되어 있고
고요하고 청명한 새벽이슬로 젖어 있을 때
당신은 맑은 허공에 떠 있는
안개가 되어 있을 테니까요.

저 별 위에 이 별

검은 도화지에 연필로 점을 찍어
아주 작게 반짝이는 별을 본다.

새까만 방 안에 까만 별이라는
이름을 가진 당신이 쏟아진다.

아무도 모르는 검지만 하얀 은하수.

당신을 세는 까맣게 반짝이는
그 밤 어딘가에 내가 있다.

반드시 까만 밤이어야 한다.
그래야 당신을 볼 수 있다.
그래야 내가 있다.

위대한 꽃

새해는 가장 일찍 피는 꽃들과 더불어
순식간에 경이롭게 찾아온다.

당신도 가장 일찍 피는 꽃들과 더불어
순식간에 경이로워진다.

당신은 꽃보다 아름답다.

나에게 당신은 지지 않는 경이로운 꽃이다.

그러니 경이로운 당신은 내 곁에서
내 가슴의 향기를 덧입어주길 바라고 바란다.

위대한 당신이여.
그 위대한 태양과 흙과 이승의 맛이여.

아름다운 자화상

당신은 누구나 탐낼 만큼 아름다워서
생명이 드문 곳을 찾아 여기까지 온 거야.
당신은 시간을 먹고 자라기에 앞으로 더 커질 거야.

헛된 꿈이라도 있다면 그거라도 꿔.
생각보다 인생은 쓰러짐의 여정.

그 여정이 다시 한 바퀴 돌면
당신은 다시 아름답게 커져 있을 거야.

누가 뭐래도 아름다운 당신아.

죽음이 뭔지 까먹을 만큼
오래오래 살아야 해.

추억 솥에 당신을 익히다

오늘도 마음의 주소는 몇 번이나 바뀝니다.
하지만 당신을 향한 제 마음의 본적은
항상 그 자리에 있습니다.
지금 이 순간도.

그 자리에서 당신의 이름을
추억이라는 솥에 그리움이라는 물을 넣고
남아 있는 나의 잔열과 온기를 넣어
따뜻하게 지어 먹습니다.

가끔은 저만 이렇게
배불리 먹고 있을 거라는 생각이
제 머릿속 단백질을 누추하게 관통합니다.

하지만 괜찮습니다.
이건 제가 선택한 아름다운 영적 노동입니다.

오늘 당신은 당신의 자리에서
그리움 한 움큼 묻어 있는 저를
당신의 잔열로 지어 드셨나요?

감히 나는 그대를

감히 나는 그대를 잊지 못하는구나.
감히 나는 그대를 그리워하는구나.
감히 나는 그대 때문에 살고 있구나.
감히 나는 그대 때문에 우는구나.
감히 나는 그대를 위해 시를 쓰는구나.
감히 나는 그대를 사랑하는구나.

화석의 눈물

당신 때문에 아팠습니다.
당신 때문에 많이도 울었습니다.
당신 때문에 상처를 숨기며 여기까지 왔습니다.

상처에 아파서 울부짖었지만
아물게 할 수 있는 능력이 없어
방치할 수밖에 없었던 내가 징그럽게도 밉습니다.

알 수 없는 장래의 뒷맛 생각에
보잘것없는 내 희망까지 이미 꺼져버렸습니다.

오늘도 화석이 되어버린 분노 찌꺼기를 보며
투옥 중 흘리는 비탄의 눈물을 씹어봅니다.

이제 나는 다시 올 풋풋할 내일을 위해
지나가버린 어제를 소심히 재워보겠습니다.

맛있는 당신

감성이라는 냄비에
분위기 자작하게 끓여낸
오늘의 자작시는

바로 당신이다.

당신이
가장 맛있는 주제며
가장 멋있는 시다.

어둠 속 꿈

까만 밤이 두려울 때면
항상 눈을 감았어요.

천둥을 동반한 비가 세차게 내려도
항상 눈을 질끈 감았어요.

깊은 잠을 원했으나
악몽 때문에 얕고 가벼운 잠만 잤어요.

하지만 잘 살고 있어요.
나름 괜찮은 삶인 걸요.

가슴이 답답해
숨쉬기가 어려워도

두통으로 어지러움을
호소하더라도

온 몸이 차가워져
굳어간다 하더라도

당신은 내 꿈이 되고
나는 당신의 글이 될게요.

어디에 있나요

당신은 어디에 있나요.

그리운 눈물이 흐를 때쯤
눈물은 비구름을 만들고
비구름은 눈물을 흘리는 그 사이
마음 속 창에 김이 서리니
그게 그렇게도 서럽습니다.

마음 속 오고가는 길에
목적이 어디 있고
이유가 어디 있겠냐마는

마음의 발길이 닿은 곳에
어느 덧 당신의 물결이 흐르다가
당신의 공전 주기와
나의 공전 주기가 맞물리는 날이 오면
당신은 또 이렇게 비를 몰고 오듯
내 가슴에 촉촉이 흐릅니다.

토독 토독… 빗방울이 떨어집니다.

조그마했던 물방울들이 이제 시야를 가려
그제야 아무것도 볼 수 없을 때
당신은 이미 젖은 내 가슴 속에서
또다시 토독 토독…
제 심장을 두드립니다.

그렇게 심장이 울려
등까지 아려올 때
척추의 뼈마디들이 당신을 본 듯
신음합니다.

당신,
지금 내 뒤에 서 있나요.

당신을 향한 꿈

해안가의 습기찬 둑길을
당신과 함께 걷고 싶다.
저지의 고생대 숲은
당신과 많이도 닮았다.
바람 부는 황야에서는
당신의 이름을 외쳐볼 것이다.

어슴푸레한 강기슭에
앉아 있다가 다시 걸을 때
안개가 자욱한 호수를 만나면
다시 당신의 손을 잡고
구름 한 점 없는 파란 바다로
당신을 데려가겠다.

그리고 초저녁 불타는 하늘을 보며
당신과 함께 꿈꾸겠다.

그러면 그 사이에 꽃이 필 것이고
바람이 우리를 꽃밭에 데려다줄 것이며
우리는 그 꽃밭에 별똥처럼 내려앉아
동침할 것이다.

눈꽃 선물

지독한 바이러스 덕분에
집에만 갇혀 있는 내가
안쓰러웠는지

지난 밤
저 높은 곳에서 상자 없는 택배가 내려왔다.

참 고맙다.
순백의 청명한 가루들이여.

그 고운 가루 주머니에 담아다가
내 님에게
선물로 드려야겠다.

그런데 가는 길에
녹기라도 하면 어쩌지.

그럼 대신에
청명한 내 눈빛 담아서
순백의 미소와 함께 드려야겠다.

오늘 나는 너였다

오늘 나는 너였다.
우주가 낳은
티 없이 깨끗한 하늘 보고 미소 지을 때
그 미소는 너였다.

오늘 나는 너였다.
열려 있는 순백한 꽃향기 맡을 때
꿀벌의 성가신 방해로 살짝 미간 찡그리는
그 표정은 너였다.

오늘 나는 너였다.
따뜻한 햇살의 고독한 노곤함 묻은
말랑한 입술 열어 하품을 할 때도
너였다.

오늘 나는 너였다.
은은한 오렌지 빛에 물든 노을 보며
텅 빈 님침을 향한 그리움 한 방울
떨어뜨릴 때도 너였다.

오늘 나는 너였다.
까만 이불 덮인 하늘의 반짝이는
이름 모를 별을 완전히 가슴 속에 품으며
바라볼 때의 그 눈빛 또한 너였다.

오늘 나는 너였다.
너도 오늘 나였을까.

영혼 속 알람

너의 아름다운 영혼 속 발아가
최고조에 이른 순간

내 안에 살고 있는
금작화의 검은 꼬투리가 터지듯

내 영혼의 박새는
눈치 없는 바스락 소리로

나를 볼 수 있게
너를 깨운다.

계절의 본질

신선한 새벽공기가 나를 불러
잠시 고독과 연애하기 위해
귀여운 살랑바람에 키스를 한다.

이 계절은 너와 나로 가득 찼으니
우리는 그 속, 언저리에서 사라진다.
그리고 다시 살아진다.

우리가 녹아들어간
이 계절 속 본질 안에서도
우리 몸의 맛이 날까.

이제 이슬은 새벽 풀에 매달릴 준비로
워밍업을 하고 있고
빛의 뼈마디들은
하나 둘 여명과 함께 맞춰지고 있다.

계절은 살 냄새를 은은하게 퍼뜨리며
또 다른 세계를 준비하기 위해
우리를 엮은 후 조용히 자취를 감춘다.

당신 곁으로

새들이 노래하기를 좋아한다면
노래를 듣는 것도 좋아하기 때문.
바람과 친구인 이름 모를 새는
나의 아침에 눈부신 창가에 앉아
바람이 바이브레이션으로 부르는
노래에 반주를 넣는다.

새에게서 바람 냄새가 잔뜩 나
이때다 싶어 그 곁에 있는 바람에게
간절히 부탁해본다.
나를 그 사람에게 데려다달라고.
아주 잠시만 그 곁에 머물다가
다시 돌아오겠다고.

바람은 나를 잘게 부수어
나를 그 사람의 곁으로 데려다준다.
하지만 나는 당신을 보자마자
다시 돌아가겠다는 약속을
까맣게 잊어버린다.

결국 부서져버린 나는
한 줌의 씨앗이 되어
당신 곁에 영원히
뿌리를 내리리라.

잠시 굳어진 시간

꿈에 나타난 당신이
자고 있는 나를 깨워 눈을 떠보니
새벽 다섯 시 삼십 분.

뭔가에 이끌리듯
회색 빛 하늘이 보이는
창문 앞으로 살며시 다가간다.
창문 밖은 텔레비전 화면처럼 바뀌며
미혹을 부른다.

회색 빛 하늘에 걸려 있는
순백의 구름은
당신의 살결을 닮았고
초록 피 흘리고 있는
외로운 사시나무는
언제나 안아줄 준비가 되어 있는 듯
당신의 어깨를 닮았다.

그리고,
자신 있는 노래를 맘껏 뽑아내는

홍관조의 맑은 눈은
신뢰가 스며 있는
당신의 정직한 눈을 닮았다.

창 밖 텔레비전은 나만의 바보상자.
그걸 바라보며 웃음 짓는 나는
고독한 바보.

그리고 지금은
새벽 다섯 시 삼십 분.

당신에게 가는 소리

당신을 보기 위해
눈꺼풀을 내리는 소리가 들리시나요?
이건 당신을 향해 가는 소리입니다.
당신을 보기 위함입니다.
당신을 느끼기 위함입니다.

아주 조그만 설렘 속에서
흔들리는 숨소리가 들리시나요?
이건 당신을 마시려고 들이켜는 소리입니다.
당신을 맡기 위함입니다.
당신을 느끼기 위함입니다.

나는 눈을 감고 반짝이는 당신을 봅니다.
그렇게 나의 숨결에 따라 별은 뜨고 집니다.
그리고 당신의 향기는 달콤한 바람을 타고
나의 입술을 향해 날아옵니다.

난 당신을 보기 위해 맡기 위해
오늘도 자유롭게 눈을 감습니다.

달콤한 미풍 속
투명하고 깨끗한 그 맛이여,
그 영혼이여,
나를 이대로 놓아두지 마소서.

지금 시간은 당신의 시 : 덕분

당신의 글을 읽는 내 모습 주위로
시간이 굳어버린다.
소곤대는 빗소리는 무음으로 변하고
나무의 나체를 휘감은 바람소리도
한 가닥 들리지 않는다.
내 영혼은 내 앞에
매력적으로 누워 있는 글에만 집중되어 있다.

나는 내 관자놀이를 고통스럽게 할 악언으로
불안해하지 않을 것이다.
내 목숨을 빼앗을 만한
차가운 무기로도 두려워하지 않을 것이다.
당신의 글은 폭풍과 폭우보다도
또 강한 번개보다도 힘이 있다.

만약 내가 차가운 어둠 속 잿빛 연못가의
영혼 잃은 돛단배라 할지라도
당신 숨결이 젖어 있는 시를 만난다면
나의 배는 따사로운 영혼을 머금고
빛이 되어 돌아오리라.

순수하게 교류 중인 우주 속 공간이여, 균형이여,
그리고 당신의 촉촉한 시여.
나는 당신 심장 속으로 음악을 던진다.

또 나는 내 안의 어둠과 타협하지 않고
추락을 중단하며
허공에 동그라미를 그리는 손가락을 노래하고
태곳적 순결한 숨결을 찬미하리라.

새로운 자유의 가능성을 희구하는
사랑의 언어

조희영/ 작가

　나와 타자, 그리고 세계와의 거리, 그 거리에서 길어내어
지는 의미, 그리고 이러한 의미 뒤에 남아 있는 무의미를
사유하는 글쓰기는 힘겨운 일이다. 내가 마주하는 대상, 사
물, 그리고 사람은 단지 사실성으로만 주어지는 것도 아니
요, 단순한 인과관계로 설명될 수 있는 것도 아니기에 더욱
그렇다. 만약 내가 사실성에만 천착한다면 나의 '시를 짓는
일'은 필요 없을 것이다. 이 세상에 던져져 존재와 비존재
사이를 갈팡질팡하며 걷는 내 자신과, 내 자신이 마주하는
세계 속에서 나에게 끊임없이 말을 걸어오는 것 자체를 대
면하는 것은 그야말로 고통스러운 일이다.

　그래서 마틴 하이데거Martin Heidegger가 존재에 대한
사유가 '시를 짓는 일'과 같다고 한 말, 알베르 카뮈Albert
Camus가 자아를 끊임없이 좌절시키는 세계와의 대면을 생
의 부조리absurdity라고 한 말이 새삼스럽게 다가오지 않은
이유를 알 것 같다. 세계의 '사태 자체'를 다 표현할 수 없는

언어, 즉 실재와 언어 사이에 놓여 있는 거리에서 부정성과 부재를 대면하여 '나를 버리는' 몸짓이자 손짓이 이 작은 책에 담겨 있는 나의 시들이다. 마치 나의 어린 시절의 사진처럼 그때의 나는 부재하지만 그러한 부재가 더욱 생생한 현전으로 다가오게 하는 나의 현재 삶의 여러 계기들은 매일의 일상성에 빠져 그냥 스치고 지나갔을 시간들 속에서 발견하는 내 시 짓기의 소재들이다. 그리고 그것들은 시를 통해 만나는 생의 신비로움이다.

"나를 버린다"는 것은 뭘까? 악, 증오, 미움, 다툼, 시기, 질투, 싸움, 외로움, 자해, 핑계, 거짓, 고통, 변명, 죽음, 탄식, 괴로움 등 우리 삶의 다종다양한 면모들을 표현하는 말들 안에 우리는 살아간다. 이런 부정성들이 호명하는 것은 본래적 '인간됨'에 대한 열망일 것이다. 이 본래적 인간됨의 열망의 도화선은 우리 스스로에 대한 의문부호를 찍는 것이리라. 이러한 의문부호를 늘 지닌 채 살아가는 우리의 삶 자체가 때로는 낯설고 무거운 것으로 다가오기에 '나 자신을 모르는 것'을 '가장 공포스러운 것'으로 여기기도 한다.

그런데 200년 전 니체Friedrich Nietzsche가 말하지 않았던가, "인간에게 가장 위대한 점이 있다면 그것이 인간이 끝end이 아니고 다리bridge"라고 말이다. 나는 삶에서 마주하는 의문부호들을 때로는 무서운 것으로, 두려운 것으로 여기며 이것들을 삭제하고, 오려두며, 지워내려 했었다. 어쩌면 인생이라는 외줄에서 까마득한 낭떠러지에 떨어질까 조바심내었던 나 자신을 마주하고 싶지 않았던 터였을지도 모르겠다. 이제는 알 것 같다. 나 자신을 다 안다고 말하는 것, '끝'에 대한 강박증과 절대화에 대한 환상을 비우는 것이 나를 존재론적으로 다시 발견하게 하는 새로운 시작점이라는 것을 말이다.

　오늘도 나는 존재와 언어의 거리에서 삶이라는 다리를 걷고 있다. 이 다리 위에서 잉태되는 새로움의 가능성을 열망한다. 그리고 자신, 타자, 그리고 세계를 다시 바라보고 해석하며 그 안에서 새로운 자신을 다시 창조해보고자 한다. 사막화된 대지처럼 황량할 수도 있는 '빈 공간'이란 내면세계는 우리의 끊임없는 상상력을 요청한다. 단지 그 빈 공간을 채우기에 급급한 의미화된 개념이 아닌 그 빈 공간을 끌어안는 부정과 해체의 메타포를 빚어내본다. 나의 시편들은 생의 깊은 고독과 상실과 슬픔을 중층적으로 그리며 생의 성스러움, 즉 전율과 매력이 교차하는 지점을 발견한다. 또한 같음 혹은 동질화라는 미명 하에 절대화되어 강제되는 진리 주장이 아닌 생의 불안과 절망에서 새로운 자유의 가능성을 희구하는 사랑의 언어를 창조해본다.

　사랑에 갈망하는 시선으로 인간적인 희망의 노래를 오늘도 불러본다. 진정한 '인간됨'을 우리 안에서 발견하며 진실을 소비하는 것이 아닌 진실 속에서 늘 열려진 삶으로의 초대장을 이 시편들을 통해 보내고 싶다. 왜냐하면 사랑은 나를 버리고 비우며 그 빈 공간에서 그리고 존재와 언어의 행간에서 생의 역동성과 숭고함을 노래하기 때문이다.

나는 '날'이 되어 나를 버린다

이병하/ 글로벌디지털콘텐츠그룹 대표이사

나는 조희영 작가의 「나를 버리는 날」이라는 시를 읽고 영화 〈DEAD POETS SOCIETY〉의 '카르페디엠carpe diem' 을 떠올렸다. 영화 대사 중에서는 로빈 윌리엄스가 사회에 진출하는 학생들에게 시를 인용하면서 카르페디엠을 이야기하고, 죽은 자들도 과거에는 미소와 꿈을 지니고 있었다고 말한다.

"시간이 있을 때 장미 봉우리를 거두라.
 시간은 흘러 오늘 핀 꽃이 내일이면 질 것"

카르페디엠은 지금 현재 이 순간에 충실하라, 이 순간을 포착하라, 무엇에든 얽매이지 말고 이 순간을 잡아라,라고 해석이 된다. 좀 더 살펴보면, 농부의 행위에서 carpe 단어가 나왔는데, carpe는 농부가 과실이 가장 당도가 높고 맛 있을 때에 과실을 따는 '행위'를 말한다. 그만큼 그 결정적인 순간을 포착해야 하는데 그러려면, 농부는 제대로 농사를 지어왔어야 한다. diem은 빛, 낮, 하루라는 의미다. 결국 카르페디엠은 매일 매순간 일상에서 존재의 깊이와 높이, 넓이, 향기, 죽음, 탄생, 명암 등 그 모든 것을 그 순간에 파악하는 능력이고 힘을 기르는 것이며 행위다. 내가 빛의 존재이듯, 타인 역시 빛의 존재임을 발견하는 순간이기도 하다. 이러한 카르페디엠은 내 몸의 가죽에서 피가 나게끔 새롭게 한다는 '혁신'과 닮아 있으며, 성경에 나온 '깨어 있으라'와 같은 의미다.

얼마 전 추석 때 읽지 못한 카뮈의 「페스트」를 어제 다 읽었다. 카뮈는 '우리 안의 페스트'를 언급하였는데, "나는 페스트를 통해 우리 모두가 고통스럽게 겪은 그 숨막힐 듯한 상황과 우리가 살아낸 위협받고 유배당하던 분위기를 표현하고자 한다. 동시에 나는 이 해석을 존재 전반에 대한 개념으로 확장하고자 한다"라고 했다. 우리는 내 안의 페스트에 감염되지 않도록, 늘 긴장하고, 의지를 가지고 있어야 한다. 그러기 위해서는 일상의 매순간, 자연의 매순간, 우주의 매순간, 타인의 매순간을 포착하는 능력을 지녀야 하며, 행위를 해야 한다.

조희영 시인은, 우주 밖에서 바라보며 우주에서 나오는 침묵의 소리, 죽음 밖에서 바라보며 죽은 자로부터 나오는 침묵의 소리, 심지어 타인으로부터, 자연으로부터 들리는 침묵의 소리를 들을 수 있다고 표현하였다. 여기서 '버린다'라는 건 카르페디엠의 행위이다. 그래서 이 시의 제목 '나

를 버리는 날'을 다르게 표현하면 이 날, 이 순간, 나는 '날'
이 되어 나를 버린다. 나를 버리기 위해서는, 즉 나와 타인,
자연과 우주의 존재들을 찾고 인식하기 위해서는 내가 어
떤 '능력'이나 '도구'를 가지고 있어야 한다.

　조희영 시인의 바로 이러한 능력과 도구는 날 선 '칼'이
다. 조희영 시인이 간직해온 시간의 순간들을 집약한 칼.

　이 순간들을 빗겨내듯이, 내 가죽을 벗겨내어 피가 나듯
이, 조희영 시인은 '칼'로 이 날(매순간)을 베고 나를 버린
다. 그러나 이 칼은 칼이 아니다. 시인은 침묵의 소리를 듣
지만 침묵하지 않고 햇살, 풀, 이슬, 꽃가루, 공기, 하늘, 대
지를 베어낸다. 결국 조희영 시인이 가진 날 선 '칼'은 곧
'글'이다. '버리는 행위'는 결국 시인의 '글 쓰는 행위'이다.
그래서 나는 감히 '글'과 '시'로 존재를 베어내는 순간을 베
어내는 조희영 시인의 앞으로의 모습이 더욱 기대된다. 나
는 이 순간 아래 구절을 되뇌고 있다.

　"오늘 나는 나를 버리는 날이라고
　고요하게 외쳐본다"

　이 구절은 바로 조희영 시인이 '나는 시인이다'라고 천명,
그리고 운명임을 선언하는 것이기 때문이며, 나 역시 버리
고 버려 삶을 고요하게 빛나게 누리고 있기 때문이다.

쓰기 치유로 후대를 세우는
문서사역전문가

윤학렬/ 영화감독

하나님이 모세에게 십계명을 돌판에 새겨 내려주셨다.
성경에 기록된 최초의 글이다. 성경을 보면, 문장의 마침표
가 없다. 중간 중간 쉼표만 있다. 그 이유는 성경은 지금도
살아계신, 주님의 호흡이기 때문이다. 그래서 글에는 생명
이 있다. 주님이 글을 주셨기에, 그 글을 기록하는 행위, 즉
글쓰기는 생명을 치유하는 회복의 도구이다.

조희영 시인의 글에는 몇 가지 특징이 보인다. 아름다운
듯 절제된 언어인 듯하지만, 그 안에 아픔을 딛고 일어선
힘이 감춰져 있다. 세상이란 바람 앞에 흔들리지만, 뿌리째
뽑히거나 부러지지 않겠다는 간절함이 배여 있다. 시로 상
징된 삶의 기도인 셈이다. 길에서 희망을 노래해보기도 한
다. 이 또한 모진 광야의 길을 통과한 감사의 기도이다.

우리는 누구나 주어진 삶 안에서 성장한다. 시인도 수십
년 전 한 어머니의 딸이었을 것이고, 소녀였을 것이고, 그
후 한 남자의 아내가 되었고, 이젠 네 아이의 어머니가 되

었다. 언젠가 시인은 그 자녀들이 낳은 아이들의 할머니가 될 것이다. 시인의 말처럼 달기만 한 인생도, 쓰기만 한 인생도 없는 것! 이것이 삶이다.

조희영 시인의 글은 치유서이다. 글은 나를 치유하고, 다른 이도 치유한다. 또한 글쓰기는 고백이다. 내 안에 있는 모든 것에 대한 거울보기이다. 글쓰기를 통한 객관화 작업은 상처를 치유하고 보듬는다. 또한 조 시인의 글은 정직하다. 원초적인 힘이 감춰져 있다. 불 같은 욕망도 느껴진다.

그러나 그 욕망은 세속에 물들인 더럽거나 추한 격정이 아니라, 모든 것을 관조하며 통과해낸 완숙함이다. 토기장이이신 주님께서 우리를 부를 때에는 각자에게 보낼 사명까지 주셨다. 성령님과의 인격적인 만남을 경험한 사람들은 반드시 축복 이외에 언약의 사명을 받게 된다. 조희영 시인이 글쓰기를 통해서, 미주 디아스포라 교포사회에 쓰기 치유 선교사로 세워지지 않을까? 쓰기 치유로 후대를 세우는 문서사역전문가 조희영 시인의 첫 시집을 축복한다.

쉽게 이해되고 공감할 수 있는 내용들

김왕기 / WIN TV 시카고한인방송국 회장

　내가 아는 조희영 시인은 열정과 노력이 함께 어우러져서 끝없이 자기 계발에 충실한 사람이다. 오래 전에 우리 방송국에 뉴스앵커로 발탁되었을 때 앵커 경험이 전혀 없던 사람이 자존심 상할 만한 훈련을 견뎌내는 것을 보면서 대단하다는 생각을 한 적이 있다. 음악을 전공한 사람으로 복식호흡을 기본적으로 했을 텐데 제작국장이 복식호흡을 시키면 싫은 내색 하지 않고 겸허한 마음으로 즐겁게 받아들이고 배우는 데 적극적인 모습을 보고 놀랐다.

　오랜만에 만난 자리에서 요즘 시나 칼럼, 영화 시나리오까지 열심히 쓰고 있고 거기다가 한국의 라디오 방송국의 프로그램에도 출연한다는 소식을 접했다. 시를 쓴다는 건 그저 습작 수준이려니 생각했었다. 그런데 며칠 전에는 아예 시집을 낸다고 해서 추천사를 부탁받았다. 그 어려운 미국 생활 13년 동안 네 아이 양육까지 하는 사람이 이렇게 많은 창작을 할 수 있다는 게 놀랍다. 더군다나 현재는 남

편과의 기러기 생활로 더 어려울 텐데 말이다.

어느 날 릴케의 시에 꽂혀 시를 쓰기 시작했다는데 보내준 몇 편의 시를 읽어보니 주제가 남편, 아이들, 엄마 등 가족을 향한 사랑을 표현했을 뿐만 아니라 거꾸로 매달려 있는 고드름을 보고 소리 없는 절규, 눈물, 송곳니, 오기 등 본인의 힘든 마음을 표현하는 듯하다가도 얼굴의 주름을 보고는 본인 때문에 힘들었을 사람들의 주름을 떠올리며 참으로 미안하다고 고백하는 아름다운 심성도 표현하고 있다. 쉽게 이해되고 공감할 수 있는 시들이라 더 마음에 와 닿는다.

사람은 직렬적인 사람이 있어 한번에 한가지 일밖에 못하는 사람이 있는가 하면 병렬적으로 여러 가지 일을 동시에 할 수 있는 사람이 있는데 조희영 시인은 후자에 속하는 것 같다. 이제 시작이니 시집 한 권에 만족하지 말고 주위에 큰 영향력을 끼치는 작가로 성장하기를 바라는 마음이다. 물론 내가 말하지 않아도 그 열정을 막을 사람이 없겠지만……

언어의 연금술사로 거듭나게 되시기를

신호철/ 시카고문인회 회장

겨드랑이에 소리가 들려 돌아보니 날개가 자라고 있었다. 이상의 '날개'가 아니라 시인 조희영의 '날개'였다. 잠들지 못하는 어머니의 손길 같았고 하늘만 바라보는 땅의 눈물이었다.

씨 뿌려서 수확하는 것만이 농사가 아니다. 농사는 땀을 뿌려 어느 날 나를 만나는 거다. 아파하다 아픔이란 열매를 맺기도 하고, 기뻐하다 행복이란 꽃을 피우기도 하는 거다. 삽질하고 땅 파는 것만이 농사가 아니다. 농사는 내 혼과 영을 심어 잃어버린 나를 되찾아오는 거다. 산과 골짜기마다 싹을 내고 자라는 푸른 생명력을 바라보는 거다. 땅이 품어내는 푸른 기운을 내 온 몸으로 느끼는 거다. 그건 땅의 눈물이고 또한 행복이기도 하다.

한낮 뙤약볕에 걸음을 멈춰도, 땅은 종일 쉬지 않는다. 사람이 잠들어도 땅은 별빛아래 잠들지 않는다. 시인은 쉼 없이 달리고 싶은 마라토너를 닮았다. 시간 단축엔 관심 없는 바보 마라토너이다. 달리는 동안 시인은 가슴에 안겨오는 모든 생명들을 사랑하고 마침내 잉태한다. 생명의 특성대로 일찍 사랑하고 늦게까지 잊지 않는다.

시인은 셈을 세지 않을 뿐 아니라, 얼마나 많은 생명을 살렸는가에도 관심이 없다. 단지 힘든 분만 후 찾아드는 행복감에 입이 다물어지지 않을 뿐이다.

싹을 내고, 꽃을 피우고, 열매를 맺지만 시인은 하늘을 향해 누울 뿐 많은 밤들을 뜬눈으로 지새운다. 밤 새 별이 빛나고 별빛은 강처럼 흘러 뺨을 적셔도 꼼짝없이 바람에 묶인 시인은 자유한 이방인이다. 귀를 막아도 들리고 눈을 감아도 보이는 슬프고도 행복한 시인 조희영이다.

그리하여 자라나는 날개같이, 바보 마라토너같이, 잠들지 못하는 땅같이, 다 주어도 행복한 어머니같이 살아가시기를. 그 하루가 소중하고, 새로워 두근거리는 가슴으로 하루를 맞이하시기를. 그 길이 삶의 목적이 되어 그 길 위에 꽃피우시기를.

흔들리는 나를 지탱하게 하여금 안에서 평안과 안식을 찾게 되시기를. 그리하여, 마침내 깊은 호흡으로 언어의 연금술사로 거듭나게 되시기를….

첫 시집 출간을 함께 기뻐하며.

북인시선
나를 버리는 날

지은이_ 조희영
펴낸이_ 조현석
기　획_ 고영, 박후기
펴낸곳_ 북인
디자인_ 푸른영토

1판 1쇄_ 2021년 01월 20일
출판등록번호_ 313 - 2004 - 000111
주소_ 121 - 842 서울 마포구 서교동 467 - 4, 301호
전화_ 02 - 323 - 7767
팩스_ 02 - 323 - 7845

ISBN 979-11-6512-025-2　03810
ⓒ 조희영, 2021